KB096420

림
로드

림 로드

배미주 소설 ― 김세희 그림

창비

비행기가 수백 톤 쇳덩이 몸으로 중력을 떨치고 날아올랐다. 내가 발 디디고 있던 땅덩이가 조그맣게 내려다보였다. 시속 팔백 킬로미터로 지오에게서 멀어지면서, 나는 해방감을 느꼈던 것도 같다.

공항엔 엄마에게 들은 대로 이모할머니가 기다리고 있었다. 폴로셔츠와 바지 차림에, 시원한 미소가 나이보다 젊어 보이는 분이었다. 아주 오래전 미국으로 이민 가서 나를 처음 보는 건데도 진심으로 반가워하시는 게 느껴졌다.

"눈이 엄마를 꼭 닮았구나. 많이 늦었네. 짐 검사가 꼼꼼하지? 테러 때문에……."

"그것도 그렇고, 입국 심사가 오래 걸렸어요."

입국 심사대의 직원은 내 여권을 보더니 나를 의심 가득한 눈으로 바라보았다. 그녀는 중학생인 내가 아직 학기 중인데 어떻게 혼자 해외여행을 왔는지 궁금해했다. 어릴 때부터 영어 방송을 봐 와서 그럭저럭 알아듣긴 했지만 어휘력이 부족한 탓에 조리 있게 설명하기가 어려웠다.

나는 더듬더듬 내가 중 3이고 기말고사까지 다 치렀다는 것, 진학할 고등학교도 정해졌다는 것, 고등학생이 되기 전에 미국에 있는 친척 집에 다니러 왔다는 것 등을 설명하려 애썼지만 역부족이었다. 입국 심사 직원은 고개를 느릿느릿 흔들며 미간을 찌푸릴 뿐이었다. 재미 교포로 보이는 다른 직원이 나오고서야 겨우 입국장을 통과할 수 있었다. 나는 그 일로 구겨진 마음을 이모할머니에겐 숨겼다.

시애틀의 국제공항 주위는 삭막했다. 12월 초순인데 한국보다 더 추운 것 같진 않았다. 이모할머니는 사륜구동 차를 거칠게 몰았다. 길은 넓은데 차도 사람도 거의 없었다. 이모할머니가 사는 동네로 가려면 아직 한참 더 달려야 한다고 했다.

아침 햇살이 눈을 찔렀다. 피로가 몰려왔다.

나도 모르게 곯아떨어졌던 모양이다. 차가 멈추는 느낌에 눈을 떴다.

"다…… 왔어요?"

"노. 코리안 마켓에서 장 좀 봐 가려고. 깼으니 같이 가서 과자라도 고를래?"

나는 화장실을 쓰고 싶어서 잠자코 이모할머니를 따라갔다. 우리나라 마트보다 훨씬 횅하고 진열된 상품 가짓수도 적었다. 처음 보는 채소나 과일도 있었는데 미국답게 뭐든 다 컸다. 한국 사람으로 보이는, 화장이 진한 계산대 여직원이 우리를 맞았다. 그런데 마침 화장실이 고장 났다는 거였다.

비행기에서 내린 뒤로 뭐든 조금씩 기대에 어긋나는 느낌이었다.

엄마가 미국 이모할머니 댁에 다녀오지 않겠냐고 얘기를 꺼냈을 때, 솔직히 내 마음을 움직인 건 해변에 있다는 할머니의 햄버거 레스토랑이었다.

여름 성수기 한철에는 새벽부터 저녁까지 줄을 선 사람들 때문에 직원을 여럿 고용하고도 눈코 뜰 새 없이 바쁘다고 했다. 그렇게 한철만 바짝 벌어도 웬만한 월급쟁이 수입보다 훨씬 낫고, 지금 같은 비수기엔 쉬면서 여행이나 다니신다는 거였다.

나는 영화에 나오는 해변을 떠올렸다. 파랗게 반짝이는 바다, 흰 모래사장을 가득 메운 모델 같은 몸매의 젊은 남녀들. 해변에 줄지어 늘어선 술집과 가게에서 흐르는 신나는 음악. 그런 곳에서라면 나는 지금의 내가 아닐 수 있을 것 같았다.

하지만 코리안 마켓에서 나와 한 시간을 더 달

려 도착한 곳은, 내 기대와는 전혀 달랐다.

*

　지오. 내 십육 년 지기 남자 친구. 지오는 그 애의 예명이다. 학교 아이들도 모두 그 이름으로 부른다. 하지만 난 그 애의 본래 이름을 알고 있다. 그 이름을 내 이름보다 훨씬 많이 불렀으니까 당연한 일이다.

　우린 서로에게 기대도 안 했는데 받은 선물이었다.

　우리 엄마는 갓난아기를 돌보는 데 지쳐 유모차를 끌고 문화 센터에 나갔다가 처음 지오네 엄마를 만났다. 지오와 나는 기억도 못 할 시절부터 참 많은 시간을 함께했다. 서로 아파트를 오가며 엄마들이 차를 마실 동안 우리는 장난감을 가지고 놀았고, 놀이터에선 그네를 가지고 싸우다 울기도 했다. 유모차를 타고 전철 여행을 했고 우리 엄마가 운전을 배우고 나서는 멀리까지 함께 놀러 다녔다. 유치원도 초등학교도 중학교도 같은 곳이었고 말이다.

어릴 때 지오는 덩치가 작고 숫기가 없었다. 나한텐 이런저런 이야길 곧잘 했지만 낯을 많이 가렸다. 뭐든 느리고 겁도 많았다. 계곡에 놀러 갔을 때 나랑 다른 아이들은 모두 물에 첨벙첨벙 뛰어들어 신나게 노는데 지오만은 몇 시간을 물가에서 서성였다. 아줌마는 그런 지오를 답답해했다.

"어딜 가도 거북이처럼 움츠려 있다가, 남들 실컷 다 놀고 집에 가려면 그제야 몸이 풀려서 슬슬 돌아다닌다니까. 내가 속 터져서."

"아이, 언니. 뭘 그래. 남자앤 열두 번도 더 변해. 그런 성격이 자라면 진중하고 좋아."

엄마는 그렇게 아줌마를 달랬다. 일곱 살 때였다. 나는 새로 산 두발자전거를 금세 익혀서 아직 세발자전거를 타는 지오 옆에서 신나게 타고 놀았다. 그러다 약 올라하는 게 역력한 아줌마 표정을 보았고, 나는 지오가 집에 가면 혼날 거라는 걸 깨달았다.

"내가 자전거 가르쳐 줄게."

나는 그렇게 큰소리를 쳤다. 지오를 내 두발자전거에 태우고 나는 뒤에서 짐받이를 야무지게 움켜쥐었다. 자전거가 비틀거리면 핸들을 넘어지려는 쪽으로 살짝 꺾으면 된다고 의기양양하게 알려 주기도 했다. 어느 정도 감을 익히면 속도만 올려도 일직선으로 간다는 걸 나는 본능으로 익혔다.

　지오는 내가 아니었다. 지오는 자꾸만 이쪽저쪽으로 넘어졌고 자전거를 붙들고 버티느라 나는 땀투성이가 되고 말았다. 운동 신경 때문이 아니라 겁을 먹은 게 문제였다. 못 하겠다고 울상을 짓는 지오가 너무 짜증 나서 한 대 때리고 싶었다.

　"바보! 그럼 난 두발자전거 타는 애들이랑 놀 거야."

지오도 그건 싫었는지 가만있더니 다시 해 보겠다고 했다. 지오는 그 뒤로도 수없이 넘어졌고 나는 땀으로 목욕을 했다. 지금 생각해 보면 일곱 살짜리 애들 둘이서 뭘 그렇게까지 했나 싶다.

　지오 아빠는 사업을 하셨는데 일이 잘 안 풀릴 때면 지오 부모님이 자주 싸웠다. 지오가 아빠에게 맞기도 했다. 그래서 지오에겐 좀 그늘이 있었다. 그땐 내가 지오의 수호천사나 기사라고 생각했다.

　얼마나 시간이 흘렀을까. 해가 지고 있었다. 지치고 배가 고팠다. 나도 모르게 자전거 뒤에서 손을 떼 버렸다. 그런데, 자전거가 쓰러지지 않았다.

지오는 내가 손을 뗐는지도 모른 채 열심히 페달을 밟았는데 뱀처럼 이리 꿈틀, 저리 꿈틀 하면서도 용케도 쓰러지지 않고 가는 거였다. 난 너무 기뻐서 팔짝거리며 소리라도 지르고 싶었지만 지오가 놀라서 또 넘어질까 봐 입을 막았다. 우스꽝스럽게 비틀대며 앞으로 꾸역꾸역 나아가는 지오의 자전거를 숨죽인 채 바라보았다. 불에 덴 것처럼 화끈거리는 손바닥을 바지에 문질렀다. 지오가 뒤를 돌아보더니 환하게 웃었다. 그렇게 환하게 웃는 건 처음 보았다. 우리의 첫 번째 작은 성공이었다.

망연자실, 나는 이모할머니가 방금 거칠게 차를 댄 가게 앞에 못 박힌 듯 서 있었다.

큰길 건너 바다가 넘실대는 건 맞았다. 흰모래 해변, 모델 같은 몸매의 선남선녀, 신나는 음악, 북적이는 가게 들이 없을 뿐이었다.

겨울 바다는 차가운 청회색이었다. 산맥처럼 생긴 섬이 수평선을 반쯤 가리며 길게 누워 있었다. 갈매기들이 끼룩끼룩 날지 않았다면 강인 줄 알았을 것이다.

음식점이라곤 이모할머니네 햄버거 가게뿐이었다. 독점인 셈이다. 페인트가 벗겨진 낡은 간판이 없었다면 햄버거 가게인 줄도 몰라보았을 작고 허름한 목조 주택이었다.

큰길은 이모할머니가 사는 집을 포함해 네다섯 채의 별장이 있는 언덕으로 이어지고, 햄버거 가게 뒤로는 숲으로 향하는 좁은 길이 나 있었다. 나중에 산책하면서 세어 보니 길가에 드문드문한 집들이 통틀어 스무 채도 안 되는 아담한 마을이었다. 가게 맞은편에 작은 은행과 작은 우체국과 작은 미용실이 있었다.

That's all. 그게 다였다.

못하는 욕이 절로 배 속으로부터 솟구쳤다. 미국이어서인지 영어로.

'Damnnnn! 이건 사기야!'

가게 안으로 들어간 이모할머니가 나를 불렀다.

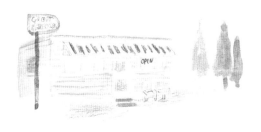

"헤이, 현영! 햄버거 먹고 올라가자. 이모할머니 햄버거는 최고란다!"

아침부터 햄버거를 먹긴 싫었지만 공손히 고개를 끄덕이고 나무 계단 두 개를 밟아 안으로 들어갔다.

가게 안도 밖 못지않게 허름했다. 그래도 청결해 보였고 몇 안 되는 테이블 위엔 소스 병과 냅킨 통 등이 잘 정리되어 있었다.

주방으로 갔다. 햄버거 만드는 걸 보고 싶었다. 좁고 길쭉한 주방 한쪽, 불판 위에서 소고기 패티가 지글지글 익었다. 맛있는 냄새가 났다. 군침이 돌았다. 패티를 굽고 있는 이모할머니의 손이 눈에 들어왔다. 나는 좀 충격을 받았다. 얼굴은 아직 고운데, 이모할머니의 손은 남자처럼 크고 뼈마디가 굵고 거칠었기 때문이다. 할머니의 손놀림은 아주 빨랐다. 금세 햄버거 빵에 소고기 패티와 치즈, 얇게 썬 토마토와 싱싱한 양상추, 피클이 척척 놓이고 햄버거가 완성되었다.

"자, 나가서 먹자. 음료는 콜라? 사이다? 커피도 있단다."

난 커피를 잘 마시지 못하지만 그냥 커피를 달라고 했다. 맥도날드나 롯데리아에서 파는 콜라를 싫어했기 때문이다.

테이블에 햄버거가 담긴 접시와 커피 잔을 놓고 마주 앉았다. 막 내린 커피 냄새가 좋았다. 햄버거를 크게 한입 베어 물었다. 나는 이모할머니가 왠지 좋았기 때문에, 또 부모님 이외의 어른에겐 공손한 편이라 좀 오버해서 맛있다고 말할 요량이었다. 그런데,

진짜 맛있었다. 아삭아삭 씹히는 야채가 싱싱하고, 치즈가 녹아든 두툼한 소고기는 혀에서 사르르 녹았다. 마음을 채워 주는 행복한 맛이었다.

"맛있지?"

이모할머니가 얼굴 가득 미소를 띠며 자신만만하게 물었다. 그런 할머니가 좋았다. 이모할머니는 얼마나 많은 날들을 뜨거운 불판 앞에서 햄버거를 굽고 또 구웠을까? 나는 엄지를 들어 보였다. 입 안을 가득 채운 햄버거를 꿀꺽 삼키고 물었다.

"저 매일 햄버거 먹어도 되죠?"

이모할머니는 만족스럽게 고개를 끄덕였다.

"점심때는. 우린 한국 사람이니까 두 끼는 밥을 먹어야지."

음식이란 참 신기하다. 맛있게 먹고 배가 부르니 기분이 나아졌다.

"목 메니까 커피도 마셔. 자."

나는 커피를 꿀꺽 들이켜곤 인상을 잔뜩 찡그렸

다. 악마처럼 썼다. 이모할머니가 웃으며 내 손등을 토닥였다.

"우리 애기, 콜라 가져올게. 기다려."

이모할머니가 나를 '애기'라고 부르는 게 간지러우면서도 싫지 않았다. 만약 엄마나 다른 사람이 그랬다면 질색했을 것이다.

문득 지오와 내가 처음 커피를 마신 날이 떠올랐다.

그걸 기억하는 이유는 맥도날드 이 층에서 햄버거 하나에 커피 한 잔을 시켜 놓고 서로 먼저 먹어 보라고 킥킥댈 때, 우리가 고작 초등학교 3학년이었기 때문이다. 그리고 그날 지오가 처음으로 자기 꿈을 털어놓았기 때문이다.

초등학교 고학년이 되면서 지오는 키가 쑥쑥 자랐다. 얼굴이 앳되어서 그렇지 어디 가서 중학생이라고 해도 믿어 주었다. "쟤는 뭘 먹고 저래 큰다니? 넌 도토리처럼 변함이 없는데." 엄마가 핀잔인지 감탄인지 모를 말을 내게 할 정도였다. 하루가 다르게 자란 지오는 중학교 2학년 때 이미 어른 키였다. 여전히 말수가 적고 조용했지만. 그런 지오가 텔레비전에서 하는 대형 기획사의 오디션 프로그램에 나간다고 했을 때 모두 깜짝 놀랐다.

나는 지오의 꿈이 래퍼란 것도 알았고, 연습하는 것도 자주 봐서 지오가 랩도 잘하고 춤도 잘 춘다는 걸 알고 있었지만 정말로 오디션 프로그램에 나갈 줄은 몰랐다. 자기 꿈을 위해 그런 용기를 낸다는 게 부러웠다.

나는 딱히 하고 싶은 것도 되고 싶은 것도 없었다. 지오가 열심히 노래 가사를 쓰고 랩을 연습하고 춤을 추는 걸 볼 때면 나도 꿈을 갖고 싶긴 했다. 하지만 꿈이라는 게 갖고 싶다고 가질 수 있는 게 아니지 않은가. 공부는 잘하는 편이었고, 그림이나 글짓기로 상도 많이 받았다. 하지만 그뿐이었다. 하고 싶은 일이나 되고 싶은 건 없었다. 좋은 대학에 가서 돈 많이 버는 직장을 갖고는 싶었지만, 그걸 꿈이라고 할 수 있는지 모르겠다.

지오가 처음 텔레비전에 나온 날은 온 가족이 둘러앉아 방송을 보았다. 기분이 참 묘했다. 내가 아기 때부터 봐 온 그 얼굴이 맞는데, 모르는 게 없는 배꼽 친구 맞는데, 저보다 나이 많은 남자애들 사이에 섞여 있으니 낯설었다. 그 낯선 느낌이 싫지 않았다.

"어머, 지오도 저렇게 꾸미니 어디 안 빠진다, 애. 참 살다 보니 이런 일도 다 있네."

엄마가 옆에서 수선을 떨었지만 하나도 귀에 들어오지 않았다.

"애, 현영아. 그러다 티브이 속에 들어가겠다. 그렇게 좋니? 아주 입이 귀에 걸렸네, 걸렸어."

머지않아 데뷔할 아이돌 그룹의 추가 멤버 두 명을 뽑는 서바이벌 프로그램이었다. 내 주위 친구들도 열심히 보면서 각자 응원하는 출연자에게 문자 투표도 하는 눈치였다. 연습생 경험이 없고 나이도 제일 어린 지오는 금방 떨어질 것 같더니 차츰 시청자들의 인기를 끌어모았다. 심사 위원들은 지오가 랩이나 춤에서 가장 뛰어난 건 아니지만 사람을 끄는 묘한 매력이 있다고 했다. 나만 아는 지오의 매력을 남들도 알아주어서 기분 좋았다. 지오는 자신을 내세우거나 튀는 행동을 하지 않는 애였다. 하지만 초승달처럼 휘는 눈웃음이 얼마나 귀여운지, 격렬하게 움직이지 않아도 긴 팔다리로 슬쩍슬쩍 유행하는 춤을 따라 출 때 얼마나 멋스러운지

나는 알았다. 막 나대지는 않는데 같이 있으면 마음이 편한 애. 주로 듣는 편인데 한마디씩 툭툭 던지는 게 엉뚱하고 귀여운 애. 그리고 무심해 보여도 가슴속에 불꽃이 타오르고 있는 아이. 그게 나의 지오였다.

마침내 지오가 최종 선발 되었을 때 지오의 부모님도 우리 가족도 한마음으로 기뻐했다. 나도 진심으로 축하해 주었지만 마음 한구석이 허전했다. 지오는 연습생 신분으로 기획사가 내준 아파트에서 합숙 생활을 하게 되었다.

처음으로, 내가 모르는 다른 세계에 지오가 들어서고 있었다.

아침을 먹고 이모할머니와 할아버지가 가게로 출근하고 나면, 바다를 하염없이 바라보았다. 내내 부슬부슬 비가 왔다. 겨울에 비가 많은 지역이라고 했다. 낮게 내려앉은 하늘도, 늘 잔잔한 바다도 우울한 청회색이어서 낯선 세계에 유배된 기분이 들었다. 아침은 짙은 안개에 싸여 바다로부터 느릿느릿 오고 밤은 피처럼 붉은 노을을 덮치며 곧장 내려앉아서, 시간도 다르게 흐르는 것처럼 느껴졌다.

가끔은 사람을 좀 봤으면 좋겠다 싶었다. 이모할머니와 할아버지 말고. 점심 먹으러 가게에 내려갈 때 지나치는, 문이 꽉꽉 닫힌 검은 별장이 유령의 집 같아 무서웠다. 그 집에 노인이 혼자 살다 죽었다는 말을 들어서 그런가 보다. 거리에 지나다니는 차조차 거의 본 적이 없었다. 가게 옆 개울엔 물을 거슬러 오르다 힘에 부친 연어가 죽어 있곤 했다. 햄버거 가게의 성수기는 연어 낚시로 휴가를 보내려는 사람들이 찾아오는 철인 것이다.

"현영, 외로워?"

가게에서 햄버거를 먹고 있는데 이모할머니가 물었다. 나는 고개를 저었다. 지난 일 년 동안 외로움은 나의 유일한 벗이었다. 새삼스러울 게 없었다.

"이거 받아. 찾느라 어제 온 집 안을 다 뒤졌지 뭐야."

이모할머니가 내놓으신 건 뜻밖에도 아이패드였다.

"아들이 준 건데 우린 쓸 줄 몰라. 네가 폰도 로밍 안 해 왔다고 해서⋯⋯. 이 층의 컴퓨터는 우리가 저녁마다 드라마 보느라 독점하잖니."

나는 아이패드를 물끄러미 내려다보았다.

"한국 소식, 궁금하지 않아? 네 또래들은 인터넷 많이 하던데."

나는 조그맣게 중얼거렸다.

"궁금하지 않아요."

지오는 차츰 학교에 잘 나오지 않게 되었다. 중학교 2학년 가을이 깊어지자 얼굴 보기가 힘들어졌다.

나는 외로웠다. 지오가 그리웠다.

하루는 한 반이지만 별로 친하진 않은 윤주라는 아이가 내게 다가왔다.

"나 지오가 너무 좋아. 날마다 그 애 생각만 나. 팬 사이트 들어가서 지오 사진 보는 게 하루의 낙이야. 연습생인데 인기 많더라?"

"그래서?"

말투가 까칠하게 나왔다. 난 그 애의 립밤 색깔이 너무 빨간 게, 얼굴에 바른 비비 크림이 하얗게 뜬 게 보기 싫다고 생각했다.

"지오 좀 만나게 해 줘. 너 지오랑 친하다며? 어릴 때부터 친구였다던데."

"싫은데? 내가 왜?"

나는 단번에 거절했다. 나도 못 본다는 말은 하지 않았다. 윤주의 얼굴이 제 입술만큼 새빨개지더니 휙 돌아서 갔다.

너희가 인터넷에서 보는 지오는 진짜 지오가 아니야. 내가 아는 지오가 진짜 지오야. 집으로 돌아오는 길 내내 그런 생각을 했다. 이렇게 외롭고 그립고 화가 나는 마음이 어떤 건지 나 자신도 잘 몰랐다.

지오가 보고 싶어 죽을 것 같았다. 아줌마에게 들어서 지오가 데뷔를 앞두고 지금 얼마나 힘든 시간을 보내는지 알고 있었다. 휴대 전화도 압수당한 걸 알면서 가끔 '톡'을 보냈다. 사라지지 않는 1을 보면 내가 외면당한 것 같아 눈물이 났다.

　몽유병 환자처럼 지오와 함께 걷던 골목, 문방구, 편의점, 햄버거 가게, 공원을 헤맸다. 장소마다 함께했던 시간들이 켜켜이 겹쳐 나를 맞았다. 다섯 살 때, 일곱 살 때, 열 살 때, 봄, 여름, 가을, 겨울……. 꼬맹이인 지오와 내가, 티격태격 싸우는 지오와 내가, 뒷다리 난 올챙이처럼 크느라 미워진 지오와 내가, 처음 교복을 입고 서로 손가락질하며 깔깔대는 지오와 내가, 함께 시험공부를 하던 지오와 내가, 지오와 내가, 지오와 내가…….

지오가 없는, 상상도 못 해 본 날들이 쓸쓸히 흐
르고 3학년이 되었다. 친했던 아이들은 다 다른 반
으로 흩어졌고, 나는 새 친구도 사귀지 못한 채 하
루하루를 흘려보냈다.

지오와 쉬는 시간에 떠들고, 기다렸다 같이 집
에 돌아오고, 함께 공원에서 농구를 하고, 편의점
에서 컵라면을 먹고, 그런 소소한 일상이 사라지자
세상이 빛깔을 잃었다. 학교에선 멍했고 집에선 툭
하면 짜증을 내다 울음을 터뜨렸다. 밝고 명랑했던
내가 음울하고 말을 잃은 아이가 되었다. 안개 긴
숲을 혼자 헤매는 꿈을 자주 꾸었다.

드디어 지오의 그룹이 데뷔를 했다. 생전 안 보던 가요 순위 프로그램에 채널을 맞추고 지오의 첫 무대를 지켜봤다. 지오가 텔레비전 화면 속에서 눈부신 모습으로 랩을 하고 춤을 추었다. 가슴이 터질 것 같아 밖으로 뛰어나갔다.

하늘을 올려다보았다. 손 닿을 수 없이 높은 곳에, 별이 반짝였다. 눈물이 뺨을 타고 흘러내렸다.

"연어는 왜 강물을 거슬러 오를까요?"

점심을 먹고 이모할머니와 숲길을 산책하다가 내가 물었다. 이끼 옷을 치렁치렁 걸친 나무가 빗방울을 툭, 떨궜다. 길옆 개울을 흐르는 물이 맑고 차가워 보였다. 설산의 눈이 녹은 물이라 한여름에도 차다고 할머니가 그랬었다.

"너무 위험하고, 힘들잖아요. 그냥 바다에서 살아도 될 텐데……. 저라면 그럴 것 같아서요."

"글쎄다. 나이가 들면 '왜'라는 질문을 잘 안 하게 된단다."

이모할머니와 난 손을 꼭 잡고 걷고 있었다. 할머니의 큰 손은 따뜻하고, 나직한 목소리는 편안했다.

"그런데 연어만 힘든 건 아니잖니. 바다에 남았다고 위험이 없는 것도 아니고."

나무가 잎을 다 떨군 어느 날, 나는 무작정 전철을 타고 지오의 연습실 건물로 찾아갔다. 한 번만 지오가 보고 싶었다. 건물 앞에 '사생팬'들이 옹기종기 모여 있었다. 중국어도 이따금 들렸다. 가끔 가수들이 연습하다가 편의점에 가려고 나오기도 하니까 그렇게 하염없이 기다리는 거였다.

　　나는 그 여자애들과 다르다고 생각했다. 내가 이렇게 간절히 기다리니까, 지오가 꼭 나올 거라고 믿었다. 나는 스스로에게 내기를 걸었던 것이다.

　　길고 차갑던 밤. 누군가 내게 캔 커피를 내밀었다. 부산에서 올라왔다는 고등학생 언니였다. 그 얼굴 뒤로 뿌옇게 밝아 오는 거리가 보였다. 나는 캔 커피를 받아 들고 돌아섰다. 걷다가 아무렇게나 그걸 버렸다.

지오가 맨발로 집에서 도망 나와 나에게 전화했을 때, 나는 아빠 운동화 한 켤레를 들고 공원으로 달려갔다. 우리 아빠 운동화를 신은 지오와 밤거리를 돌아다녔다. 지오 아빠가 잠들 때까지. 언제나 부르면 서로에게 달려갔던 날들, 너무 당연해서 소중한 줄도 특별한 줄도 몰랐던 날들은 이제 끝났다. 지오는 나와는 다른 길로, 다른 세상으로 가 버렸다. 남은 나에게 닥친 위험은 바로 텅 빈 바다였다. 나는 낯선 거리에 서서 엉엉 울었다.

"우리 애기가 날마다 생각하는 남자애는 어떤 아이야?"

이모할머니의 난데없는 말에 나는 깜짝 놀라 할머니를 보았다. 이모할머니가 미소 지었다.

"이모할머니도 열여섯 살일 때가 있었는걸. 네 눈만 보아도 안단다. 우리 애기 마음을 슬프게 한 녀석이 누군지 궁금하구나."

나는 이모할머니에게 지오를 보여 주고 싶어졌다. 왜 그랬는지 모르겠다. 실은 내내 보고 싶던 마음을 그걸로 핑계 삼았는지도 모른다. 그때까지 나는 아이패드를 사진 찍는 데만 쓰고 있었다. 한국의 인터넷 사이트에는 한 번도 접속하지 않았다.

가게로 돌아와 이모할머니와 테이블에 나란히 앉아서 아이패드를 켰다. 포털 사이트의 익숙한 녹색 화면이 떠오르자 가슴이 마구 뛰었다. 검색창에 지오의 이름을 쳤다.

"오, 유명한 사람이니?"

그리고 떠오른 뉴스 기사들, 블로그 글들.

나는 두 손으로 얼굴을 가렸다.

지오 아빠가 사기 혐의로 구속되었다는 소식. 기사 아래엔 '안티'들이 쓴 댓글이 수천 개씩 달려 있었다.

꿈속에서 또 울었나 보다. 잠에서 깨니 베갯머리가 젖어 있었다. 이불 속이 썰렁했다. 나는 잠옷 위에 가운을 걸치고 거실로 나갔다. 벽난로 입구를 열어 재를 퍼내고 땔감을 쌓았다. 불이 잘 붙도록 종이 상자를 잘라 만든 불쏘시개를 얹고 가스라이터로 불을 붙였다. 강화 유리 문을 닫고 소파에 앉아 난로의 불꽃과 서서히 돋아나는 바깥 풍경을 바라보았다.

나는 또 네 생각을 한다. 너는 어디에도 없고, 어디에나 있다.

네가 지금 여기 있었으면. 여긴 숨어 있기 좋은 곳이니까. 욕심과 미움이 힘을 다투는 곳이 아니니까. 다시 세상이 고요해질 때까지 너를 데려와 여기 함께 숨어 있고 싶다.

누군가의 손이 내 어깨를 눌러 깜짝 놀랐다. 돌아보니 이모할머니가 창밖을 가리켰다.

"사슴 가족이 우리 마당에서 잤네."

이모할머니가 속삭이더니 망원경을 내밀며 앞마당의 체리 나무 아래를 가리켰다. 나는 망원경을 눈에 댔다.

나무 아래 사슴들이 있었다. 어미와 새끼 두 마리였다.

"털이……."

털빛이 그림에서 본 것과는 달리 잿빛이었다.

"겨울 털갈이를 해서 그렇단다. 여름엔 아주 예쁜 금빛이지."

나는 한참이나 망원경을 눈에서 떼지 못했다.

"참 예뻐요……. 그런데 비가 와요."

"밤새 왔단다."

전부터 궁금했었다. 비가 오면 새들이며 짐승들은 어디서 비를 피하는지. 그냥 비를 맞으며 자는 거였구나.

지오.

또 내 가슴이 태평양 저편의 이름을 불렀다. 비처럼 퍼붓는 독을 고스란히 맞고 있을 나의 지오를. 나는 주먹으로 뺨에 흐르는 눈물을 닦았다.

"죄송해요."

"괜찮아. 우는 건 부끄러운 게 아니란다."

나는 고개를 끄덕였다. 이모할머니가 계단을 올라가고 주방에서 달그락거리는 소리가 났다. 다시 내려오는 이모할머니 손에는 김이 오르는 머그잔이 들려 있었다.

"뜨거운 코코아야. 난 울고 나면 꼭 코코아를 마셨단다."

나는 머그잔을 받아 마셨다. 뜨겁고 달콤한 코코아가 목을 타고 내려갔다. 이모할머니가 우는 모습은 잘 상상이 되지 않았다.

이모할머니는 벽난로를 열고 쇠꼬챙이로 불을 돋우더니 내 옆에 앉았다.

"언젠가 딱 죽고 싶을 때가 있었단다. 도저히 더 살지 못하겠단 생각이 들더구나. 조그만 토스트 가게를 사기 계약으로 날렸을 때였어. 그 돈을 모으려고 정말 안 해 본 일이 없었지. 우리는 영어도 서툴고 뭘 어떻게 해야 할지 몰랐어."

나는 코코아 잔을 감싸 쥔 채 귀를 기울였다.

"남편이랑 둘이서 무작정 유타 주로 차를 몰았단다. 그 아름답다는 그랜드 캐니언은 한번 봐야 하지 않겠느냐고 둘이서 그랬지. 미국 와서 죽도록 일만 하며 살았으니……. 번갈아 운전하면서 주유소 보이면 기름 넣고 쉬지 않고 달렸다. 미국이라는 나라가 참 광활하더라. 가도 가도 길이야. 유타 주에 들어서니 황야에 기암괴석 바위산들이 널려 있더구나. 캐니언랜드 정상에 올라가 아래로 펼쳐진 풍경을 보는데 얼마나 아름다운지 눈물이 났지. 우린 캐니언 바닥까지 내려가 보기로 마음먹었단다. 구불구불 벼랑을 따라 내려가는 길을 '림 로드'라고 한다지. 가파른 데다 가드레일도 없는 길을 용감하게 차를 몰고 내려갔어.

그런데…… 갈수록 길이 좁아지는데도 위를 봐도 아래를 봐도 아찔한 절벽이라 점점 오금이 저리는 거야. 중간쯤 이르니까 그만 오도 가도 못 하게 무섭지 뭐니. 조금이라도 삐끗하면 아래로 굴러떨어져 뼈도 못 추리는 거니까. 나도 모르게 마음속으로 막 기도를 했지. 제발 여기서 살아 나가게 해 달라고. 여기서 살아 돌아가기만 하면 착하게 살겠다고. 부들부들 떨면서 기도를 하는데 너무 웃긴 거야. 뭐 나쁜 짓을 한 게 있어야지. 나쁜 놈한테 당하기나 했지."

우린 이 층의 할아버지가 깰까 봐 어깨를 들썩이며 숨죽여 웃었다. 웃는데 가슴이 아려 왔다. 이모할머니는 눈가에 맺힌 눈물을 닦으며 말을 이었다.

"그때 잔돌이 차 지붕으로 툭툭 떨어지는 거야. 깜짝 놀라 밖을 내다보던 남편이 나에게 소리치더라. 저 위를 좀 보라고. 작은 산양이 우리를 빤히 내려다보고 있더구나. 조그맣고 참 예뻤단다. 그렇게 예쁜 녀석이 어쩌다 그런 곳에 살게 되었는지 모르겠다. 우린 그 녀석을 보느라 무서운 것도 잠시 잊고 카메라를 꺼내 사진까지 찍었지. 녀석은 수선을 떠는 우리를 물끄러미 보더니 여봐란듯이 경중경중 뛰어 올라가더구나. 그 가파른 벼랑을 잘도 가볍게 뛰지 뭐니."

나는 입을 벌리고 할머니 이야기를 들었다. 코코아가 식는 줄도 몰랐다.

"가만있자. 그래, 여기 어디 사진이 있을 거야."

이모할머니가 테이블 아래 가로대에서 큼직하고 무거운 앨범을 두 손으로 꺼냈다. 이모할머니가 한 장 한 장 넘길 때마다 할머니의 시간들이 하나하나 인사를 건네 왔다. 차곡차곡 접혀 있던 할머니의 소중한 시간들이 따뜻하게 데워진 공기를 조금씩 다른 빛깔로 채웠다.

"여기 있네."

나는 이모할머니가 빼서 준 사진을 두 손으로 받아서 들여다보았다. 작은 산양 한 마리가 비탈에 서 있었다. 수십 년의 세월이 단숨에 접히고, 나는 가파른 림 로드에서 산양을 올려다보았다. 산양은 나를 내려다보았다. 발밑은 붉은 절벽, 하지만 마음만은 가벼웠다.

"내가 무사히 지나가게만 해 달라고 빌던 벼랑길에, 저 작고 예쁜 것이 살고 있더구나. 남편과 나는 집으로 돌아왔고 보다시피 무사히 늙었단다."

할머니와 나는 잠시 침묵 속에 난로의 불꽃이 타닥대는 소리를 들었다.

"오늘 그 아이가 일본에서 콘서트를 했어요. 동영상이 팬 사이트에 올라왔는데 못 봤어요……. 지오가 괜찮은지 궁금하면서도 보는 게 두려웠어요."

"지금 보겠니?"

나는 고개를 끄덕였다. 이모할머니는 찻잔을 들고 일어서고 나는 아이패드를 켰다. 접속하자마자 새 메일이 왔다는 알람이 보였다. 심장이 쿵 내려앉았다. 메일을 열었다. 지오였다.

집에 왔다가, 문방구가 문을 닫은 걸 봤어. 어릴 때 늘 거기서 만났잖아. 우리가 좋아하던 오락기도 없어졌더라. 기분이 되게 이상했어.

넌 미국에서 잘 지내냐? 난 네가 가고 난 뒤에야 알았어. 말 안 해 줬다고 엄마한테 막 화냈지. 오랜만에 와서는.

이젠 휴대폰을 내 마음대로 쓸 수 있어. 참 웃기지?

나 내일 일본 가. 공연하러. 넌 언제 와?

네가 없는 한국은, 모르겠어. 잘 못 만났어도 네가 어디 있는지 뭐 하고 있는지 아니까 괜찮았거든. 보고 싶긴 해도.

지금은 텅 빈 것 같아.

빨리 와.

—— 현수

나는 두 손으로 눈을 가렸다. 현수, 너의 본래 이름. 내가 수만 번을 불렀을 이름. 이름 첫 자가 같아서 늘 남매로 오해받았던 그 이름.

팬 사이트에 로그인 해서 지오 부분만 잘라 놓은 동영상을 찾아 열었다.

높은 무대 끝에 지오가 서 있었다. 자기소개를 하는 건지, 지오가 일본말을 하고 있었다. 무슨 농담이라도 했는지 사람들이 웃음을 터뜨린다. "가와이!" 하는 일본 소녀들의 목소리가 여기저기서 들린다.

쑥스러웠는지, 현수가 웃는다. 소년다운 웃음소리가 가볍게 울려 퍼진다. 소녀들이 비명을 지른다. 현수의 웃음소리가 태평양을 단숨에 건너 나에게 말을 건넨다.

너 잘 있니. 나는 잘 있어.

나는 눈물 고인 눈으로 이모할머니에게 말한다.

"할머니, 그 애가 웃었어요. 현수가, 웃었어요."

가슴이 뜨거워져서 나는 유리문을 밀치고 밖으로 나간다. 여전히 비가 부슬부슬 내린다. 귀가 밝은 사슴들이 고개를 들어 다가오는 나를 본다. 나도 사슴들을 본다.

나는 문득 깨닫는다. 내 열여섯 살 시간도 내내 내리는 비를 맞았다는 걸. 참 잘 맞았다는 걸. ●

작
가
의
말

배미주

길이 안 보여
한 걸음도 떼지 못할 때라도
우리 머리 위, 높은 곳에서
별은 빛나고 있으니까.

사진 ⓒ백다흠

책과 멀어진 친구들을 위한 마중물 독서

수업 시간 대부분을 잠으로 보내거나 수다로 보내는 많은 학생들을 떠올립니다. 그런데 글쎄, 어떤 친구들은 수업 시간에 추천한 책을 사서 며칠 만에 다 읽고, 친구들과도 함께 읽고 싶다면서 학급 문고에 기부를 합니다. 스스로 책을 사서 자발적으로 읽는 게 흔한 풍경은 아닌데, 그렇게 예쁜 모습을 보이니 선생님도 신이 나서 칭찬을 많이 해 주었습니다.

독서에 흥미를 붙이면 삶을 아름답게 꾸며 나갈 수 있다고 이야기해 주었습니다.

그러나 이런 풍경이 흔하지는 않습니다. 어릴 적에는 부모님께 같은 책을 여러 번 읽어 달라고 조르기도 하고, 그 이야기 속에서 상상의 나래를 펼쳤던 아이들이 청소년기에 접어들면서부터는 이제 책 읽기가 싫다고 말합니다. 몇 해 전부터는 학교 현장에서 소설 한 편 읽기를 하고 나면, 이렇게 긴 글은 처음 읽어 봤다는 반응이 나옵니다. 그럴 때마다 교사로서 씁쓸한 마음이 듭니다.

'소설의 첫 만남' 시리즈는 이런 현실에 돌파구가 되어 줄 만한 새로운 청소년소설 시리즈입니다. 국어 교사들이 머리를 맞대고 동화책에서 소설로 향하는 가교 역할을 해 줄 만하며 문학적으로 완성도가 높고 흥미로운 작품을 엄선하여 꾸렸습니다. 책이

게임이나 웹툰보다 재미없다고 생각하는 학생들, 독해력이 다소 부족한 학생들도 '소설의 첫 만남' 시리즈를 통해서라면 문학의 감동과 책 읽기의 즐거움을 새롭게 경험할 수 있을 것입니다. 무엇보다 재미있습니다. 부담이 적습니다. 한 시간 정도면 충분히 읽을 수 있는 짧은 분량과 매력적인 일러스트 덕분에, 책과 잠시 멀어졌던 청소년들도 소설을 읽는 즐거운 '첫 만남'을 가져 볼 수 있습니다.

문학은 힘들고 지칠 때 위로를 건네고, 어떻게 살아야 하는지 지혜를 전하며, 다양한 삶의 가치를 일깨워 주는 보물이라고 믿습니다. '소설의 첫 만남' 시리즈를 통해 청소년들은 때로는 자신이 주인공이 되고, 때로는 주인공의 친구가 되는 듯한 몰입을 경험하면서 문학이 주는 재미와 기쁨을 마음껏 누릴 수 있을 것입니다.

우리 친구들이 소설 작품에 대해 재미있게 이야기하는 멋진 풍경을 기대하니 마음이 설렙니다. 스마트폰에 시선을 빼앗긴 채 이것저것 기웃거리면서 '대충 보기'에 익숙해진 학생들, 긴 글 읽기에 익숙하지 않아 책 앞에서 주리를 트는 학생들, "초등학교 4학년 이후로 책을 읽어 본 적이 없다."라고 고백하는 '독포자'들을 위해 기꺼이 추천합니다.

"애들아, 이제 재미있게 읽자!"

'소설의 첫 만남' 자문위원

서덕희(경기 광교고 국어교사)

신병준(경기 삼괴중 국어교사)

최은영(경기 미사강변고 국어교사)

추천의 말

소설의
첫 만남 **05**

림 로드

초판 1쇄 발행 | 2017년 7월 10일
초판 12쇄 발행 | 2024년 6월 20일

지은이 | 배미주
그린이 | 김세희
펴낸이 | 염종선
책임편집 | 김영선 정소영
조판 | 박지현
펴낸곳 | (주)창비
등록 | 1986년 8월 5일 제85호
주소 | 10881 경기도 파주시 회동길 184
전화 | 031-955-3333
팩시밀리 | 영업 031-955-3399 편집 031-955-3400
홈페이지 | www.changbi.com
전자우편 | ya@changbi.com

ⓒ 배미주 2017
ISBN 978-89-364-5859-1 44810
ISBN 978-89-364-5973-4 (세트)

＊ 이 책 내용의 전부 또는 일부를 재사용하려면
   반드시 저작권자와 창비 양측의 동의를 받아야 합니다.
＊ 책값은 뒤표지에 표시되어 있습니다.